KB120601

빗소리 시청료

시작시인선 0268 빗소리 시청료

1판 1쇄 펴낸날 2018년 7월 10일
지은이 김경숙
펴낸이 이재무
책임편집 박은정
편집디자인 민성돈, 장덕진
펴낸곳 (주)천년의시작
등록번호 제301-2012-033호
등록일자 2006년 1월 10일
주소 (04618) 서울시 중구 동호로27길 30, 413호(묵정동, 대학문화원)
전화 02-723-8668
팩스 02-723-8630
홈페이지 www.poempoem.com
이메일 poemsijak@hanmail.net

ISBN 978-89-6021-384-5 04810
        978-89-6021-069-1 04810(세트)

값 9,000원

빗소리 시청료

김경숙

천년의 시작

나무는 자신을 버려서
몇백 년 서있는 기둥이 되고
물은 천지 생명들을 먹여 살리고
외려 자신은 사라지듯

다 없어졌지만
다 있듯,

무화無化

물과 나무가 변화하듯
시詩들도 그러하길 바라지만
각자의 의중에서
살고 죽는 일

그 일에
캄캄한 두 손을 모읍니다

2018. 봄. 마루금을 모종하며

차 례

시인의 말

제1부 면지력

입속 표정으로

남루한 젊은 라마승이
찬물 한 모금을 입안에서 굴려
미지근해진 그 물로 얼굴을 씻는다
주름마다 얼룩져 있던 경전이
경구의 후미들이 깨끗하다

표정을 숨길 때마다
말은 너무 무겁거나 차가워져 갔다
그런 날엔 몇 날 며칠
양치를 하지 않은 말들이
혈관 속을 말발굽처럼 달린다

자신의 입으로 표정을 씻고
합장을 하는 라마승
헹궈진 게송偈頌들이
모래사막에서 타르초처럼 펄럭인다

삼키려던 말을
손바닥에 뱉어놓고 들여다보니
어느새 다 새어 나가고 없는
빈손이다

천체에 걸리는 존재들

빨랫줄은 양 끝 힘으로 일가족을 지탱한다

바람에 주머니가 털리거나 꼬인 팔다리가 나부껴도 고장 난 지퍼 사이로 떨어지는 물방울, 빨래는 아무리 꼭 짜도 손아귀 힘을 부정한다

외줄에서 말라가는 옷을 걸쳐 입고 꽃샘바람 기억으로 봄을 헹군다

빨랫줄 이쪽에서 저쪽 끝까지, 옷 열 벌 겨우 걸리는 그 길이가, 올려다본 하늘 절반을 재고도 남는다 북극성에서 천왕성 사이 지름으로 가로지르는 그 길이에선 단지 몇 벌 옷으로 걸린다 해도 가족은 천체에 걸리는 존재들이다

바람에 날려 가도 좋다 몇십 년 몇백 년 날아간다 해도 케페우스와 전갈자리 사이, 빨랫줄 위일 뿐이다. 귀가가 염려되는 가족 행적들도 별자리 사이의 일일 뿐이므로 대문 밖은 걱정 않기로 한다

반듯하게 개어졌다 다시 구겨지는 분홍 꽃무늬와 초록 물

방울들이 히어리와 생강나무 사이에 들어 들뜨는 봄이지만

이따금, 양 끝을 팽팽하게 당겨만 보기로 한다

눈물 겹

양파는 눈물 뭉치라고 말해 놓고
겹겹으로 운다

지난 늦가을 양파 모종을 심을 때
이웃에 사는 황조롱이가
텃밭 근처에 앉아서 혀를 찼는데
나는 한겨울 추위가 이렇게 뭉쳐질 줄 몰랐다
아무래도 양파는 슬픈 식물이어서
고작 껍질만 뒤적거려도 눈물부터 쏟는가 보다

아무렴
껍질 없는 슬픔이 어디 있겠는가
누구나 두 눈에 수천 겹
양파 껍질이 들어있다는 것
벗기고 벗겨도 남아있는 저녁은 또
속껍질을 글썽이며 어두워진다

소리 없이 눈물만 찔끔거리는 사람과
눈물은 없고 울음만 요란한 새가
같은 일로 울 때가 있듯

익은 봄,
몸통 반쯤 밖으로 드러내놓고 있는
양파밭에 가면 동고비 울음소리 요란하다

살짝 벗겨진 양파는 눈물 뭉치
그렇다면 수천 겹 눈물이 감싸고 있는
눈은 또 얼마나 깊고 슬픈 곳인가

유연한 척후

꼬리란 꼬리들은 모두 아름다워서
넋 놓고 하루를 놓친 적 많다

몸의 굴절이 꼬리를 통과해 빠져나오듯
얼굴로 익힌 체득은 꼬리로 버려지는데
가시밭길 지나온 마음 뒤틀림들은
퇴화된 꼬리뼈로 흘러갔을 것이다

봄 들판으로
바람이 빈손으로 몰려가고
삐비꽃이 술렁이고
그 뒤를 미루나무 홀씨들이 따라간다
춤으로 무장한
유연한 척후다

그런 꼬리 하나 갖고 싶다

어두울 무렵
하늘이 닫고 있는 붉은 꼬리를 배경으로
저무는 방식을 습득하고 있는 수평선이

발뒤꿈치를 들고 환하게 뒤를 잠그고 있다
궤적을 반짝이며 사라지는 유성처럼
버려도 좋은 꼬리 하나쯤 있어
그 꼬리에 몸을 묻고
오래 저물고 싶다

남방노랑나비

입술을 열듯 창문을 열었다

서랍장 틈에서 갓 부화한 남방노랑나비 한 마리 손가락
에 올려놓고 조심스레 창문 밖으로 옮겼다 무거운 등짐을
진 것도 아닌데 무쇠 신발을 신은 것도 아닌데 벼랑길을 오
르는 것 더욱 아닌데 발가락 끝까지 떨리게 하는 날개 한 벌
무게가 천만 근이다

날아다니는 것들은 제 무게를 온전히 책임지는 것들

입술 한 벌 처음 받을 때 떨리던
그 아찔한 연애 무게처럼
손가락 위에 앉은 봄의 발가락은 간지럽기만 하다

나비를 옮기는 일이
천만 근 무게를 옮기는 역사役事
혹은 역사力士다

나비는 햇살 한 장 위에 앉아 날개 한 벌에 묻은 물컹한
보호색 무늬와 꿈틀거리는 축축한 기억 너머를 비비고 털

며 말리고 있다

몸속에 열꽃들 일제히 피어나
앵두꽃 무더기로 흩날리는데
숨 막히게 하던 입술 한 벌은 아직도 우화羽化 중일까

나비를 내려놓고 돌아서는데
입술 한 벌도 언제 날아갔는지 없다

단맛으로 죽다

사과 반쪽
숨결 앓는 소리도 없이
침대 밑에서 한쪽을 닫는 중이다

껍질 잃은 쪽부터 야위고 있다
변색은 망진望診과
청진聽診으로 앓는 시간
바람을 뼛속에 들인 사과는
단맛으로 겨우 연명해 가는 중이다
맛으로 치자면 호사스런 죽음
끝내 단것을 뿌리치지 못했다는 뜻이다

깜빡 잊고 있던 반쪽들
단맛으로 멀어지거나 잊히고 있는 중이다
이러지도 저러지도 못하는 해후
추억도 없이 시드는 반쪽을
문득, 만날 때도 있는 것이다

돌아선 등
굽어진 껍질 쪽은 아직 표정이 남아있는

단맛들이 끝까지 몰려 있다

기억해 보면 누구나
그런 인연 하나쯤은 다 있다

바람 한 켤레

헐렁한 운동복 바지 밑단을 끌고 낮은 대문을 밀고 나와 하수구 냄새를 끌고 줄장미 담장을 지나 이웃집 처마에 걸린 참새 소리를 건너 가파른 계단을 내려와 외등을 켜고 휴대폰 문자를 닫고 달그락거리는 달빛을 따라 슬리퍼가 간다

하루를 헐렁하게 벗어놓은 날, 오늘 매었던 동선을 끊으며 담배 연기를 길게 흘리고 있는 뛸 일 없는 이 한가한 저녁, 팽나무 그늘 같은 시원한 한 켤레 바람이 휴일에 든 발목을 끌고 간다 어딘가 벗어놓고 와도 좋은 헛걸음과 천천히 따라와 뒤꿈치에 달라붙는 한가한 길의 냄새들을 끌고 간다

누구든 먼저 이 신을 신으라

왠지 성경의 어느 구절에 나올 것 같은, 어느 누구의 난처함도 다급함도 여유도 다 감싸줄 수 있다는 듯 슬리퍼 한 켤레, 물가에 매어둔 배 홀수선처럼 자박자박 한가롭다

곁을 품다

길 끝에서 비박bivouac한다

저문 하루 곁에서 두터운 구름 곁에서 몰려오는 빗소리
곁에서 웅크린 날씨 곁에서 날카로운 바람 곁에서 낯선 비
린내 곁에서 비박한다

곁이 없을 것 같은 악천후도 한 사람이 웅크릴 만한 공간
은 내어주는 것일까 떨리는 몸을 웅크리고 있다 보면 내 체
온이 곁을 품어 따뜻해지듯 악천후도 숨겨 놓았던 체온을
슬쩍 내어놓을 때가 있다

얇은 침낭을 경계로 잠을 청하다 보면 뒤척거리던 사나
운 곁이 멀리 있다 여겨질 때도 있겠지만 아침, 일어나 보
면 을씨년스러운 것들을 지척에 두고 선잠을 나누어 가졌다
는 것을 알게 된다

새들이 울고 다시 나뭇잎이 반짝이는 것은
어떤 악천후도 지척을 모른 척하지 않았기 때문이다

먼지력曆

　먼지는 날짜에서 피어난 부피다

　훅 불면 날아오르는 먼지들은 날개들의 반대파이거나 꽃
의 대역代役이다 피어오르고 난 뒤엔 반드시 지는 일종이지
만 우수수 지지는 않는다 혹자는 가라앉지 못하므로 분한
마음일 수도 있겠다

　깃털을 품고 있는 고요한 일습一襲일 것이다 평생 외출해
본 적 없는 가구들을 들어내면 숨죽여 살아온 날들이 어깨
를 펴고 공중으로 솟구친다 그동안 까맣게 잊고 살았던 시
간의 부스러기들이 소리 없이 눈부시다

　외면과 방치 사이에 헐거워진 틈, 틈을 열고 틈새를 털어
내다 보면, 놀라 창밖으로 달아나려는 자욱한 방위들, 햇
살을 젓는 야윈 헛날갯짓이 반짝이며 뒤엉키다 힘없이 주
저앉는다

　먼지력, 이보다 더 견고한 달력이 있을까
　나무둥치에 번져가는 나이테 같기도
　노인 살갗에 핀 검버섯 같기도 한

24

바닥을 벗어나려던 절박했던 순간들이
들풀거미 줄같이 소복하다

　너무도 헐거워서 날아가는 것조차 잊고 있는 먼지들, 그
시간의 허물이 날개의 부력이다 오래되면 흐릿한 시야가
되고 마는

　먼지는 사물이 벗어놓은 날짜다

톱밥

밥을 먹다 닳아지는 톱
아무리 먹어도 깡마른 톱
흘리는 것이 전부인 밥
이빨들만 무성한 게
썰어 먹는 것을 고집하는 식성은
채식주의에 가깝고
번뜩이는 먹성은
순식간에 몇백 년을 먹어치운다

저 거침없는 입술이
온 산을 베어 먹는다 해도
집성촌을 허물어버린다 해도
가로수 그늘을 토막낸다 해도
몇 개 덧니만 부러뜨릴 뿐이다

잘생긴 나이테가 고봉밥이다
대물려 온 이빨을 갈고 닦아
녹슨 나이가 젊은 나이들을 먹여 살리지만
밥의 끝은 양쪽 나이를 들키는 일이다
여전히 뿌리를 박고 있을 나이와

쓰러지거나 먼 곳에서 말라갈 나이가
똑같이 닮았다

쓰러진 허공 쪽으로 뻗어갈수록
가는 가지 끝으로 나이들이 빠져나간다
그쯤에서,
족보엔 죽은 사람들 갈래가 더 많아진다

다 쓴 톱을 연장 통에 보관한다
톱날은 여전히 번쩍거리지만
당분간은 죽을 사람도
태어날 사람도 기미가 없다

실눈

실같이 가느다란 눈길로
나는 여럿을 꿰맨 적 있다
실눈은 두근거리는 나의 속마음
눈꼬리에 힘을 주고 한 걸음 다가가
여차하면 당신의 온 얼굴을
뚫고 들어가겠다는 뜻이다

처음에는 수선을 하겠다는 생각이었지만
어딘가 엉킨 것이 분명한 실눈은
힘주어 감으면 뚝, 끊어진다

풀어도, 풀어도 풀려나오는 실꾸리에서
당신을 한 묶음 실로 재려 했다는 뜻이다
어딘가 숨어있을 매듭처럼
당신의 엉킨 틈을 찾으려 했다는 뜻이다
햇살에 무수히 찔리면서도
터진 눈물샘을 꿰매려 했던 것은
질끈 눈 감아버리고는
아득한 사이가 되어도 좋겠다는 뜻이어서

눈곱처럼 부끄러운 눈물을
송곳니로 똑, 끊는다

자꾸 까무룩 해지는 눈자위는
갈수록 가늘고 날카로워지지만
어쩌면 그것은 맑은 날 내 눈을
들여다보는 거울일 수도 있겠다는 생각이다

이소

마지막으로 당신 손을 잡았을 때
언젠가 마당에 떨어진 동박새인가 했다
갓 부화해 겨우 숨이 붙어있는 새를 쥐듯
무릎을 모으고 두 손으로 감싸 안았다

여러 날 허공을 휘저은 듯 깃털과 솜털은 다 빠져있었고
눈꺼풀은 반쯤 감다 말았다 여물지 않은 부리에서 바람 소
리가 새어 나왔다 오므렸던 발가락이 조금씩 펴지더니 툭
고개가 꺾였다

혼잣말로 괜찮다, 괜찮다만 되풀이했다

쪽동백나무 가지마다 초록이 돋아 지저귀고 연한 바람
이 허리를 세우는 부드러운 봄, 햇살 자락에 비스듬히 누
워 몸은 서서히 식어가고 떨리는 손을 놓자 깃털만 날아오
르던 뿌연 봄

두 손도 아니고
한 손으로 휘젓던 날개를 생각했다
사람은 그 손으로 날아간다

새들은 죽을 때 공중을 뚝, 끊고 이 나무에서 저 숲으로
엮인 매듭을 모두 풀고 사라진다

　　저녁은 묶이고 있는 중인지
　　나무 그림자들이 잠잠하고
　　어둑한 두 손은 자꾸 울먹거리는데
　　당신이 매듭 없는 일곱 마디로 묶이고 있다

연못

연못은 주름 창고입니다

할머니도 할머니의 할머니도 모두 연못에서 주름을 얻어
왔다고 합니다 작은 돌멩이 하나 들고 연못으로 주름을 얻
으러 가는 엄마 뒤를 몰래 따라가 본 적 있습니다

풍덩, 엄마 얼굴로 뛰어드는
주름을 보고야 말았습니다

자칫이라는 말, 깜짝 놀란다는 말, 속울음 삼킨다는 말,
수장이라는 말, 모두 연못에게서 배운 소중한 주름들입니다

연못은 우리 마을에서 제일 큰 거울이었습니다 하늘 뚜
껑이라고도 했습니다 그 거울에 생긴 주름은 문질러 지우려
할수록 더 많이 생겨났습니다 겨울이면 거울이 두꺼운 얼음
으로 덮이곤 했습니다 그때 돌을 던져 얻은 주름은 사람이
마지막으로 얻는 주름이라 했습니다 마지막 얼굴로 받은 주
름은 봄이 오면 모두 녹아 사라진다고 했습니다

나는 철이 없게도 돌멩이 대신

꽃가지를 꺾어 들고 갔습니다
연못 가득 노란 꽃밭 만들어
산국 피는 속도로 늙어가고 싶었습니다

주름투성이 얼굴들이 가득 들어있는 연못에 주름을 한 꺼
풀 벗겨 내면 산 그림자도 개구리 울음소리도 신발을 찾으
러 들어간 앳된 외삼촌 이마까지도 늙지 않는 싱싱한 풍경
이기만 합니다

문득, 연못이 작은 돌멩이 하나로 잠깐 늙어가듯
사람은 연못이 담긴 눈으로 오래 늙는다는 생각이 들었
습니다

빗소리 시청료

눅눅한 편성표다

한여름, 거센 빗소리가 클로즈업되고 고화질 와이드 화
면 속으로 앞산과 들판이 젖는다 뻐꾸기 소리는 종일 재방
영되고 마을을 덮치는 안개는 대서특필 생중계 중이다 회를
거듭할수록 때맞춰 시청료를 걷으러 오는

장마의 틈
잠깐 갠 날씨

같은 화면인데도 원추리 꽃대와
쥐똥나무 울타리들은 한 뼘 웃자랐고
매미 울음을 담장 위에 널어 말리는
예측 불허의 틈, 틈
그것을 우주가 한눈판 사이라 하자
파랗게 젖은 일색을
널어 말리는 중이라 하자

축대가 무너진 자막 사이로 무지개가 떠오르고 우왕좌왕
다급해하는 사이렌 소리들이 범람한다 빗소리 뜸해진 숲엔

이끼들이 초록 부침개를 부치고 관절 사이로 빗방울들 콕콕
들어와 박힌다 엎질러진 술병도 놀라 파랗게 갠다 수위를
높인 저수지에 흙투성이 하늘이 몸을 씻고 있다

    특종 뉴스로 실시간 보도되는 장마는 진흙탕이다
    젖은 얼룩들은 흰옷 무늬를 꿈꾸며
    화면 밖에서 안절부절못하고
    다투어 웃자라는 연체료들이
    밭고랑 사이마다 무성해지고 있다

    틀어놓은 장마 채널 방송에서
    오래전 샛강으로 떠내려간 황소 울음이 들리고
    흐렸던 사람들이 모처럼 갠다
    그래도 비틀어 짜면 찌뿌듯한 며칠이 흘러나올 것 같다

구석을 키우다

구석을 키우다 보면 점점
앞쪽과는 멀어지게 되는데
구석에 구석을 몰아넣고 키우는
당돌한 구석들 때문이다

돌 틈이 민물 지느러미를 숨겨 놓고 있듯, 환한 꽃들이
낙화를 숨겨 놓고 있듯, 펄럭이는 빛나는 별똥별이 캄캄한
날개를 숨겨 놓고 있듯, 멀어지는 앞쪽이 아득할수록 내가
돌보는 구석은 조금씩 넓어지는데 그 구석마다 쌓아놓은 체
온들로 가득하다

더는 밀려날 수 없는
막다른 것들이 가득 숨어 자라고 있는
마음 구석이라는 곳

오래 숨겨 놓았던 구석들 중 어떤 구석은 이미 백주 대낮
이 된 지 오래고 농염을 핑계로 주책을 돌보고 있는 구석도
있다 그래서 가끔 마음이 뻐근해질 때면 구석으로부터의 협
박이라 짐작해 보기도 한다

구석이 넓어지고 있으니
내가 숨어있을 궁리도 많아지겠다

블라인드

창문에서 빗소리가 났다

젖은 계획들이 한풀 꺾인다 창밖을 닫고 젖은 풍경을 내린다 나서려던 걸음을 접어야 하는 일이 질척하게 내려온다

이 방에 살면서 올리고 내린 풍경들이 참 많았다 인동꽃향기를 살그머니 올렸다가 소쩍새 소리와 초승달을 아껴 내리기도 하고 개옻나무 붉은 이파리들을 화들짝 걷어내고 눈꽃 송이들을 연사흘 펼쳐 놓기도 했다 어쩌면 빗소리는 누군가 올렸다 내리는 블라인드일지도 모른다 갈수록 하늘은축축해지고 잿빛 까마귀들이 어둑한 빗소리를 열고 들어가오죽 숲을 닫는다

빈방을 가려놓고
흥건한 빗소리에 몸을 담그고
들키지 않으려 구름과 은밀히 계약했다

맑은 아침
살 올라 붉어진 나는
어떤 가을날 정오와 몸 섞고 있다

추녀 끝을 맞다

햇살 처방을 받고 링거를 맞는다
느리게 떨어지는 링거액
문득, 따뜻한 겨울날
지붕 끝을 맞고 있는 듯
추녀 끝을 맞고 있다는
생각이 든다

눈 덮인 지붕들 실핏줄 같다
간밤 지상에 살짝 쌓인 눈처럼
며칠 동안 몸에 잔설이 쌓이고
기와 무늬 같은 피로를 따라
살얼음들 버석거리더니
나른한 한낮이 흘러내린다

삼 일 치 처방전 속으로
추녀에 연결된 동맥을 따라
지붕 하나가 다 녹아들고 있다

그동안 음지에서 얼어있던
뼛속 눈발들
링거액에 질척하게 녹고 있다

핑계를 갖다

핑계는 숨기 좋은 다락방

궁리 길을 돌다가 불현듯
고개를 들고 번쩍, 꽃 피듯 터진다

그렇다면 저 무더기로 피어난 꽃들이 다 바람의 핑계라
는 것일까 너무 뜨거워서 단지 너무 간지러워서 강가에서
웃옷 벗어버리듯 서둘러 피어났다는 천만 평 수줍은 변명
은 아닐까

길가에 늘어선 눈부신 핑계들

핑계, 부끄러운 대답의 끝이고
가장 부드러운 민낯의 항변이다
잘생긴 핑계란
듣는 귀를 위한 예우일 것이다

좋은 핑계란 막다른 골목에 재바른 길 하나 내기도 하고
완만한 사다리와 민첩한 구름의 날개가 되기도 하여 난감
한 표정과 어설픈 협상력으로 슬쩍 가슴을 쓸어내려 보는

것은 아닐까

　만약, 당신이 눈 한번 감아준다면
　그곳으로 마음 한 자락 숨길 수 있듯
　잘생긴 핑계 하나
　몸속에 들이고 싶을 때가 있다

나무 유골

책은 모두 굶어 죽은
나무귀신이다

책이 나무 유골이라고 여기고 난 다음부터 서가는 거대
한 묘지가 된다 두껍거나 얇은 봉분들이 장식된 묘지 앞에
는 오색 활자로 된 비석이 여기저기 쓰러져 있거나 구석구
석 먼지를 덮고 쌓여 있다

펼치면, 입속말로 생시를 음독하는 귀신들
귀신은 사연이 많은 허상들
타이핑을 빌려 서재를 떠돌며 베스트셀러를 꿈꾸고 있다

오래된 서재에선 습습한 습의襲衣 냄새가 난다 울긋불긋
빼곡한 만장들이 사방으로 낡고 있다 향을 피우듯 등을 밝
혀 가며 날마다 지루한 유언에 밑줄 치거나 자서전 모서리
를 접어가며 필사하는 독자들은 모두 상주일까

사람 입술을 빌려 독송하는
귀신들의 수업 시간이 끝나고
신위神位별로 분류해 강론을 벌이고 있다

나무귀신들이 떼 지어 떠도는 책장
그중 절반은 이승에 있는 저자들이어서
뼈대를 과시하는 수많은 지식들이
생과 사를 구분 없이 떠돌고 있다

제2부 가을 구독

풀집

속이 빈 흔들리는 것들, 바람 따라 바스락거리는 군락지들, 쓸쓸한 계절에 베인 억새들, 잘리고 묶이고 엮여서 어엿한 기둥이 되고 벽이 되고 지붕이 되었다 가벼운 것들 서로 얽히고설켜 긴 겨울을 견뎌내는 것이다 가끔은 바람 소리와 헐렁한 낮달이 돋아나기도 했던 집

더 이상 돋아날 파란도 없고 기울어질 바람의 방향도 없지만 봐라, 바짝 마르면 이렇게 오래 버틸 수 있는 집이 되는 것이다 그 속에서 어린 새들이 어린 날갯죽지를 비비며 체온을 나눌 수 있는 것이다 지리산 중턱에 살고 있는 허리 굽은 부부에게 번듯한 대들보가 되어주는 것이다

풀들이 쓰러지면
사람도 함께 허물어질 것이다

신전의 기둥

치욕을 앙다물 때
이빨들은 각오를 다져 기둥이 된다

견칫돌 하나를 쌓으면 탑이 되고
대웅전 앞에 앉히면 부처가 되고
무덤가에 세우면 묘비가 되는
돌 하나가
무력의 방향을 돌려세우기도 하고
막힌 물길을 뚫어 흐르게도 하고
때론 온화한 염화미소를
몇백 년 동안 켜놓고
긍휼을 밝힌다

뾰족한 이빨로
따가운 맛을 무수히 보았다

말을 똑 끊거나
뒤통수에 주먹을 갈기거나
목울대로 역류하는 말들을
입속 깊이 가두어두곤 했지만

앙다문 치욕이 끓어오를수록
각오를 세우는 이빨들은
바벨의 도서관 기둥처럼 든든하면서도
가끔은 무료한 하품을 맛보곤 한다

수백 성인의 서재를 열람해
온갖 백미百味로 넘쳐나는 생애를
웅얼거리며 읽은 공덕으로 치면
입속은 신전이자 내왕의 통로이고
이빨들은 신전의 기둥이다

가을 구독

상강 무렵, 여름 정기 구독이 끝나고 다시 가을 구독이 시작된다 필진들은 붓끝이 억세졌거나 붉어졌을 것이고, 뿌리 쪽으로 곁눈질하는 텃밭 식물들 페이지는 누렇게 시들어갈 것이다

구독을 신청하지 않아도 정기 배달되는 가을, 첫 장을 펼쳐놓고 낙화할 목차와 거두어야 할 제목들을 보살핀다 창고 미닫이문 하나 사이에 널어놓아야 할 것과 봉해 놓아야 할 목록에 밑줄 긋지만

그건 평자評者들 몫, 가혹한 모자를 쓰고 이 나무 저 나무에 그도 성에 안 차면 이 산 저 산을 온통 제 색깔로 휘저어 놓고, 북쪽 하늘로 기러기 군무를 배경 삼아 감탄을 연발시키려는 평자들

과월호도 없이 결호도 없이 발행되는 가을은, 짧고 얇은 페이지마다 단풍이 흩날리거나 성글어진 풀벌레 소리로 쓸쓸하게 행갈이를 할 것이다 빛바랜 표지엔 무서리가 내려 문장들은 낙과로 넘쳐 날 것이다

읽던 페이지를 접어놓고 휴대폰를 열어 연락처를 넘기다
보면 세상 밖으로 떨어진 붉은 이름들이 있어 문득 울컥해
질 것이다 소식이 뜸한 이에게 손편지가 쓰고 싶은 그리움
이 서둘러 제철을 맞을 것이다

백지 현상

통장 비밀번호를 잊고
멍하니 서있을 때
그때가 백지 한 장 필요할 때가 아닐까
몇백 년 묵은 서류 창고처럼
혼잡하고 답답한 마음은
백지 한 장 같은 빈 시간이
간절해지는 것이 아닐까

가끔 다짐이라는 것
필기도구도 없이 준비한 백지 한 장이다
입속에다 행을 나누어 기록하고
밑줄 그어가며 기억하려 애써 보지만
결국 사라지는 문장들이다
그러니, 백지를 탓하지도
머리를 쥐어박지도 말아야 한다

난처함이란 백지 한 장을
몇 겹으로 차곡차곡 접어놓는 일
펼치면 후다닥 사라지는
생물의 기억력이

생시와 다투는 일

그건, 구겨지지 않으려는
백지 한 장의 속마음이다

그대, 혹은 그때

그때라는 말(言)에 시차를 두고
그대라고 읽으면
미선나무꽃 우거지던 계절이 다가와
화창한 맛이라고 씁쓸하게 입을 다신다

뒹굴던 꽃술에서 깨어나듯
식은 입술을 닦고
낮달 지는 저녁을 서성이는 봄에는
어둑한 시간들이 살갑기만 해서
그때로 가면
그대, 라는 꽃 피는 시절이 있어
우리라는 따뜻한 미래를 만날 수 있을까

왜 세상에 그대들은
다 그때에 있고 그대는
왜 이렇게 아득히 먼 곳일까

그때라는 말
두근거리는 봄이 몰려 있고
반쯤 핀 분홍 심장 봉우리들이

호젓한 숲길 따라 끓고 있어
귓속말은 부풀어 한없이 흩날리겠지
너무 눈부셔 꽃잎이 허물어지는
그때와 그대들

아, 무덤 같은
그대, 혹은 그때라는 말

오방이 빛나는 말

별꼴이야,

돌아서는 등 뒤에서 들리는
빈정대는 말
왜 마음 상하지 않지
갑자기 내 몸이 별처럼 반짝거리지
오방이, 뾰족한 밝기로 빛날 것 같은 그 말

　한동안 어둑한 마음에 외롭게 떠있겠지 잠들지 못하고
은하수 사이를 서성이겠지 낯익은 골목을 오가며 발소리를
뒤척이겠지 마주 보던 새벽달도 등이 까무룩 해져 가까스
로 아침이 오겠지 떠오른 햇살에도 눈 밑은 어둡기만 하겠
지 그동안 별꼴이라고 생각했던 일들이 모두 손 흔들며 빛
나는 등이 될 것만 같다 믿지 않은 등 뒤를 갖는다는 것 참
쉽다는 생각이 든다 말 한 마디만 오역하면 내 몸이 별이 된
다는 것 떠나간 미운 등들이 한동안 빛나는 별이 된다는 것

　　떠나온 등이 모두 별꼴이었으면 좋겠다

비벼 운다

울다 보면 퍼렇게 날 서는
깡마른 흐느낌들, 바람 속에 날카롭다

만 평이 늙고 있다 우리는 한통속이라고 강 이쪽에서 저
쪽 끝까지 파란 대열이더니 가늘고 긴 대열들이 흰 손을 흔
들면서, 꺾인 허리를 받쳐주면서 비비며 울고 있다 다투어
울음의 종자를 뿌리고 있다 울다, 울다 끝이 노쇠한 갈대
울음들 강 끝에서 허옇게 말라가고 있다 같이 울고 같이 위
로하는 울음 군락지가 강변에서 쓸쓸하지만 울음에도 마디
가 있어

딱, 어느 쯤에서 솟은 오열이
뚝, 꺾어질 때가 있듯
울음이란 뚝, 하고 그칠 때가 반드시 있다

그쳤던 울음이
비비새가 우는 봄이 오면
낙동강 하구언 강변을 따라
여린 울음들 한꺼번에 돋아날 것이다

소귀 털 붓

쇠귀에 경 읽기라는 말
틀린 말이 아닐까

귀는 소의 몸에서
가장 예민하고 바쁜 곳
하루살이 한 마리를 위해서라도
잠시도 쉬지 않고 반짝이는
귀 털을 뽑아 붓을 만들면
붓에선 날개들의 문자 향이 날 것이다

곤충을 그리기에 좋아
하루살이 떼 처절한 비행을
공회전하는 불잉걸을
교성이 난무하는 한낮을
부드럽게 세밀하게 그릴 것이다
무료한 한낮을 그리고
그 위에 졸고 있는 소 눈을 그리면
공중은 금세 알을 까고
명주나비들이 날아다닐 것이다
나비는 날개로 잠자고

소는 그 부드러운 털로 잔다

듣는 일보다 쫓는 일로 더 부지런하게
바쁜 잠을 지키던 두 귀가
우직한 머리통을 흔들게 했을 것이다
두 귀는
나비 날개와 한 벌일 것이다

혼잣말

입추 지나자 논에 물꼬를 튼다
이삭이 영그는 논둑에서
쓸쓸쓸 물 빠지는 소리 까끌하다

여기저기 터진 논바닥마다
서늘한 바람이 몰려든다
더 이상 어른거리는 바닥을
가둬놓지 않겠다는 듯
쓸쓸쓸 물들이 밀려나간다

몇천 마지기 푸르던 물들이
꼭대기부터 누렇게 말라가고
벼 포기에 숨겨진 수많은 금들이
이랑을 따라 얼키설키 만나고 있다
금들이 마른 가슴을 어루만지며
쓸쓸쓸 꽃무늬를 만들고 있다

언제 어디서 갈라졌던 인연들도
한 번쯤 그 갈라진 끝에서 만나게 되는 것이다

첨벙거리는 소리는 이제
명년 여름에나 다시 만나자고
쓸쓸쓸 소리들이 누렇게 말라간다

무릎 빠질 일 없으므로
푹푹 바빠질 일 없을 거라고
쓸쓸쓸 물이 혼잣말을 하고 있다

풀의 뼈

지금은 물이 질겨지는 시간
달고 푸르던 여름 물줄기들이
차갑고 가늘어져
꺾어도 부러지지 않을 것 같은 계절

물이 질겨지자
자주쓴풀 꽃은 대궁을 버렸고
참새 소리 같은 씨앗들이
뛰어내릴 기회를 엿보고 있다

휘어지던 뼈는 여름 공기工期를 지나는 동안 역류하는 수
로를 건설하려 했을까 꽃 속 수문을 열고 한 잎 꽃잎을 설득
해 아득하고 먼 우주로 날아가려 했을까

뼈는 상류로부터 말라간다
풀 줄기를 엮으면 요긴한 그릇이 되거나
화관花冠이 되기도 하겠지만
지금은 질긴 풀이 쪼르륵 흘러나올 것 같은
요의가 급해 보인다

풀들은 두근거리기 좋은 뼈

언덕 위에 눕기 좋은 뼈였고

바람을 쓰러트리기 좋은 한때가 있었다

붉은 물 다 빠진 내 몸도

건천 같은, 풀 대궁 같은 마른 뼈가 질겨진다

미안 체납

납기일 같은 건 잊은 지 오래고
연체 같은 건 따져본 적 없이
미안하다는 말 체납하고 산 지 오래다

그럴수록 마음,
편안한 곳 없다

불편을 눈치 보고 산다
하루 이틀 미루어진 날들이 쌓여
결국에는 염치가 사라지는 일이라
이젠, 미안하다는 것조차 잊고 산다
차츰 얼굴빛은 두꺼워지고
말들은 번드르르해진다
결국 길들여진 말투와 두꺼운 얼굴로
인연과 관계 사이를 훼방 놓는다

필연이라는 간극 사이에
가까운 것들은 다 미안한 사이가 되어간다

상처와 사랑은 같은 뜻이라 우기며

밀물처럼, 썰물처럼

서로 빚지고 사는

미안 체납자들로 북적거린다

벚꽃, 털갈이를 하다

개가 몸을 털 때마다 화르르, 벚나무가 털갈이를 한다 기껏 얇은 그늘 몇 그루만 환하게 늘릴 봄날 개 꼬리털처럼 반가운 쪽 다 버리려 눈부신 털이 한꺼번에 날리고 있다 곧, 무더운 계절이 온다고 꽃나무들은 바람 불 때마다 가장 부드러운 것들부터 털어낸다 쓰다듬는 쪽으로 온순하게 귀를 누이는 개처럼 봄날을 털어댄다 개는 귀가 열려 있는 짐승 색색으로 날리는 꽃말들이 궁금하다면 털갈이하는 개에게 물어볼 일

봄이 반갑긴 반가운가 보다
웅크리고 앉아 겨울을 보낸 개처럼
꽃 털을 세운
달아날 일도 목줄도 필요 없는
한 그루 벚나무가
털갈이를 하고 있다

날개의 먼 조상

불의 뒤끝은 폐허다 비벼 끌수록 타버린 발바닥을 비집고 악착같이 일어서는 연기들은 폐허를 건너는 질긴 꼬리다 죽은 짐승 사체가 근방에 뭇 날개들을 불러 모으듯 은폐되어 있던 불이 빗장을 풀고 공중을 향해 풍향을 끌고 가는 것이다

연기는 날개의 먼 조상이었을 것이고
알을 깨고 기어코 날아가는 줄탁동시다

나무와 불과 연기는 서로가 만나지 못하는 사이다 잎이 말라 죽고 난 다음에 꽃 피는 꽃무릇처럼 서로가 어리둥절한 사이 뜨겁게 불길을 건축하는 바람의 설계도처럼 도면을 따라 완성된 잿더미를 확인하고는 끝내 모두 사라지는 사이들이다

철이 없던 시절에
불붙은 나무를
뜨거운 짐승이라 생각했던 적이 있다
그 짐승으로
첫, 불타는 놀이를 한 적이 있다

곡비哭婢 2

　평생에 걸쳐 혈육을 낭비하지 않았다는 노인은 자신의 죽
음에 곡소리가 부족할까 걱정되어 그 옛날 증조부 상여꾼
뒤를 따르던 나이 어린 계집종들의 울음을 생각하는 것이다
한 방울 혈연도 섞이지 않았지만 젊은 눈물을 두루 사고 싶
다고 했다 유산이라는 변증으로 혈육은 끈끈해지거나 묽어
지는 것이니, 생면부지 곡진한 울음소리들로 자신의 죽음
과 든든한 협업을 이루고 싶다고 했다

　낳아 키운 혈육은 없어도
　죽은 혈육은 간혹 있기도 하는 것이어서
　애잔한 곡비의 양부養父는 생면부지다

　나이 어린 애도를 앞세우고
　한 사람 몫을 챙긴 이승이 산을 오르고 있다

실패담

　고층 건물 6인실 병상들이 모여 종류별로 환자들을 눕히고 앞다투어 실패담을 늘어놓고 있다 몸 어디쯤이 허물어진 뒤로는 민간요법이나 무방비 습관을 뚝 끊고 순해진 고집이나 돌보고 있다 실패했던 곳이 몸 어딘가에 남아있어 크고 밝은 눈 하나 넣어둔 것처럼 자꾸 몸속을 두리번거리며 성공한 비법들을 확인해 보는 것이다 완치 없는 앞날을 샅샅이 살피면서 링거 줄과 약봉지의 신봉자가 되어 실패담이나 이리저리 고치고 있다

　내 병엔 답답하고 깜깜하면서
　남의 병엔 다들 명의名義다

　어젯밤 경각을 다투며 실려 나간 명의는
　종일 소식이 없고
　비워진 침상엔 또 어떤 명의가 올 것인지
　문소리가 날 때마다
　하나같이 눈길 쏠리는 것이다

　그러는 사이 실패한 말들을 둘둘 감고
　느려터진 차도를 챙기며 퇴원을 기다린다

해몽을 점치다

인간 역사보다 해몽 역사가 더 긴
꿈 바깥은
버뮤다 삼각지대다

먼 곳을 다녀온 것인지
먼 곳이 다녀간 것인지 알 수 없는
잠결에 부른 애칭 하나가 산산이 깨어지는 아침
중얼거리던 이름을 설핏 알아듣고 일어나
헛디딘 꿈결 밖을 더듬어본다
아마 꿈속에 또 다른 식솔들을 두었거나
아직 태어나지 않는 아이가
폐경에 사는 엄마를 찾아온 것이다
오래전에 죽었거나
오래도록 돌아오지 않는 혈육들이
또 다른 혈연으로 살고 있는
내 몸속을 해몽하는 아침
길흉으로 점쳐지는 하루가
꿈 근처를 더듬고 있다

꿈은 외연外緣이라고 생각했다

얼토당토않은 두근거림이라고 생각했다

신은 사람에게 나이를 정해 놓고
그 수명을 꿈에게 돌보라고 시킨 것이 분명하다
죽은 사람들과 아직 태어나지 않은 태몽들이
꿈 밖에서 사람들과 너무도 태연하게 동거 중이다

꿈에서 발을 헛디딘 존재들만이
사람의 생일을 가지게 되는 것이다

가면 상점 고객

우리는 각자 비밀을 숨겨 놓고
객석을 만들어 연기를 한다
무대 위에서 연출되는 대사들이란
감정을 대표하는 표정들이고
역할을 분배하는 거푸집들이어서
습관처럼 방백傍白으로 웃어넘기고서도
어떤 연극 뒤끝에는
화끈거리거나 따끔거리는 독백이 남아있다

주어진 역할이 없었다면
한 가지 표정으로 지루했을 얼굴들은
일생을 가면 상점 고객으로 지내다 간다
우는 입술을 수리하고
웃는 눈물을 장식하고
시시로 업그레이드되는 명품 표정들이
진열장 속에서 신상으로 유혹한다

대본 뒤, 아무도 모르게 내가 숨긴 민낯은
사실, 나도 모르는 안색이었으므로
오늘내일은 별다른 대역도 없다

다만 빈둥거리는 역할을 수행한 가면들은
나 몰래 즐겁거나 어리둥절한 표준의 얼굴로
가면극을 리허설하고 있다

유리의 배후

들여다보면 거울
내다보면 창문이다

거울은 얼굴이고
창문은 풍경일 텐데
안이든 밖이든 다 내가 있다

닦지 않아도 풍경들은 늘 싱싱한데
거울은 눈치 없이 늙어간다
일순간, 눈가 주름을 내보이고는
목소리까지 산산조각으로 늙어간다

그때, 나를 잘못 만난
내가 후회를 한다

한때 반짝였던 얼굴
그 절정의 순간들을 찾으려
이리저리 고개를 돌려 비출수록
깊어진 주름들 여지없이 들킨다

얼굴이란

손이 가장 많이 쓰다듬은 곳이어서

편애하던, 눈 맞추었던 얼굴 다 떠나고 나면

이마 주름은 헐렁해지고

마침내 얼굴은 깨어지고 말 것이다

무인 상점

　무인 상점에서 캔 맥주와 새우깡을 골라 들고 값을 치르느라 지폐를 내고 거스름돈을 챙기는데 주변이 두리번거리며 나를 훔쳐보고 있을 것 같아 쭈뼛거리게 된다 내 것 넘치게 던져놓고 헐어가는 이 위축의 한축

　그대 마음에 내 마음 던져놓고 두근거리던 가슴을 저울질해 보던 날이 지나고 다시 마음 거두던 그때 그 느낌이 동전 몇 닢 짤랑거리듯 온다

　아, 얼마 만에 보는
　마음의 눈치인가

　살짝 넘치게 덜어낸 떨리던 첫 고백처럼 첫 입맞춤처럼 첫 포옹처럼 어설프게 떨리던 마음 오래도록 빠지지 않는 일이다

　태연해야 한다
　오해를 쌓아놓고 여기까지 미루어왔다면
　흔들리지 말아야 한다
　아무도 보지 않는
　머뭇거리는 나를 내가 엿보고 있다

무중력 한 벌

숨을 오래 참는 옷, 내 할머니가 숨죽이며 눈치를 보던 저녁나절 빈 쌀독 같은 한 벌 옷, 등 떠밀지 않아도 허리에 납덩어리를 두르고 평생을 떠다닐 수 있는 무중력 한 벌

저 옷 한 벌에는
어떤 관절이 들어있을까
어떤 숨이 무수히 들어차 있을까
물 밖을 고집하는 상승이
왜 저 옷만 입으면 바닥을 향해
곤두박질치려 할까
깊은 바닥을 샅샅이 뒤지려 할까

저 옷 속에는 바다를 경작해 온 청상이 들어 있어 옥죄는 수압과 추위를 견뎌내고야 마는 웬만해선 무너지지 못하는 옷, 물 밖에 나와서는 빨랫줄에 걸려 구부정하게 수평선을 해찰하고 있지만 늙은 몸 하나 들어가면 물속에서 다시 날개가 되는 검은 옷

참았던 숨
속 시원하게 토해 내는 기둥 한 벌

제3부 물 깨고 식사하기

게양

새들은 어느 대륙에 있는 작은 나라의 국기일까요

나뭇가지마다 새들이 펄럭이고 있어요 반짝이는 오색 만
국기 같아요 날마다 음역을 놓고 분쟁하는 국기들. 새들이
다투어 목청을 높이는 건 바람 때문이 아니에요 보드라운
날개 밑, 바람은 모두 국경이에요 시끄러울 정도로 넘쳐 나
게 제각기 국가를 부르는 중일 거예요 그러니 날마다 넓은
공중은 대항전이 열리는 중립지대일 거예요

    나무들은 아주 작은 독립국
    정치색이 없는 중립국, 공중의 영토일 거예요

    오늘도 나무마다 게양된 새들이
    저마다 목청 높여 시끄럽지만
    헌법과 관습법은 여전히 땅 위의 분쟁이고 보니
    가끔씩 불안을 선회하며 깜빡거려요

물 깨고 식사하기

저건, 인류가 아직 개발하지 못한
신소재 유리문 같은 것

흰뺨검둥오리들, 꼭 자신이 발 담근 곳에서만 먹이를 찾
는다 고개를 물속으로 처박을 때마다 와장창 깨지는 물의
손잡이들, 출렁이며 스스로 접합되는 수면이 그리 만만한
곳은 아니다

밥이란 것
일렁이는 물 같은 것

절실한 끼니란 저런 것이다 무엇을 깨고 바닥에서 건져
올린 파편들로 끼니를 때우는 흰뺨검둥오리들, 물속을 먹
되 물을 허물지 않는 정중한 식사법이고 뭉툭한 부리 또한
물에 대한 미련한 예의일 것이다

세상의 모든 제자리라는 것
새들이 깔고 앉은 저곳 같으면 좋겠다

돌에게서 사람에게로

어느 산문에서 본 석불은 파릇한 옷 한 벌 입고 앉아있었다

어쩌다 나도 명상에 들어 몸을 흔들다 보면 그 석불의 시간을 따라하고 있다는 생각이 든다 석불도 처음에는 풋내기처럼 징 자국 가득한 민둥머리 승려였을 것이다 법회가 없는 지루한 오후가 되면 나른함을 견디려 흔들흔들 침묵하며 몇백 년을 다 써먹었을 것이다 대신 근처에 있는 가시나무 잎에게 흔들리는 것을 부탁하고 조금씩 굳어갔을 것이다

본분을 찾는다는 것은
흔들리는 몸을 조금씩 굳혀 가는 일이다

돌이 늙으면
사람대접을 받듯

본분을 찾기 위해
나는 입술부터 굳어갈 용의가 있다
눈 귀 심장이 차례차례
굳어가다 보면
언젠가 나도 돌 취급받을 날이 올 것이다

가을, 환승역

날아오르는 가창오리들과
내려앉으려는 도요들
저건 계절이 섞이는 일이다

바람의 선로를 따라 물길이 열리고
물에서 놀던 기러기 떼들
수면을 일제히 날아올라 선회하면
물은 금세 낯빛이 바뀐다

물 밑은 일순 긴장한다
둥둥 떠다니는 물구름들과
저토록 많은 발은 어디로 가는 것일까 하고

까마득히 탑승객을 태우고
정시에 출발하는 환승역
해마다 오고 가는 선로는 같고
기류의 행선지만 바뀔 뿐이다

섞이는 물 후미에는
북쪽을 예감하는 온도가 푸득거린다

계절이 교차하는 호수 중엔
갈대가 하얀 손을 흔들고 있는
우포늪 하늘이 그중 첫 번째다
환승하는 가창오리 떼들
곧 추운 역에 도착할 것이다

틈의 겉장

책은
수백 페이지 틈이 있다

단 한 번 접었어도
단박에 들키는 페이지
숨겨 둔 구석이 있다

얇은 마음 한 장 들어갈 틈에
성급한 손을 넣으려 했던 일
그 틈 읽는 법을
바람에게 배웠다

저 셀 수 없는 틈을 갖고도
무너지지 않는 책
단 몇 마디 약속으로도
평생을 누렇게 낡아가는 일들이 있다

덮는다고 하던가!
그것도 마지막 장을
온전히 펼친 적도 없는데

무수한 틈을

그 틈들의 겉장을

덮어야 할 때가 있다

내 발 속에 마흔 개의 발이 들어있다

무수한 발을 가진 입에게
발등을 물렸다
그때부터 발 속에는
욱신거리는 발가락들이 돌아다닌다
손바닥에 다른 손이 돌아다니는 일이나
입속에 또 다른 입술이 맴도는 일이나
심장에 들이지 않은 맥박이 뛰는 일은
다지류 엉킨 다리 갈피처럼
아픈 일이다

그 많은 발로 빨리 도망치려 하는
도모圖謀의 흔적들이
단 하나 입밖에 없어서
그 입으로 독과 밥을 함께 먹어서
물린 자국엔 쓸쓸한 오해들만 쌓인다

발에게 발을 물리고
어디라도 도망갈 수 있을 것 같은데
스무 쌍의 검은 발들이
스멀거리며 돌아다니는 몸

언젠가 문밖에 벗어두었던 신발이
발 속에 들어와 서성거리듯

신발을 신지 않은 다지류 검은 발이
신발을 신은 발 속에서 아프다

꽃들은 모두 한철 방이다

수국은 헛꽃을 만들어
날아다니는 것들을 유혹한다

자세히 보면 꽃 아닌
보라색 등불 같은
헛꽃

희롱이 없는 꽃
철도 없이 뒷골목을 드나들던
불그스름한 눈빛들처럼
골목 양쪽으로 길게 늘어선
불방, 만개한 꽃들처럼
두눈박이쌍살벌 날갯죽지를 잡고
한여름 수국은
꽃등으로 한창 성업 중이다

탐닉耽溺도 탐침探針도 아닌
한여름의 중간
나는 아직까지는 탐침에 마음 가는데
잘생긴 탐닉 불러들이고 싶은데

그만, 헛꽃들 본분을 이해하고 만다

그러고 보니
꽃들은 모두 한철 방이다

울려라 경보

구부정한 회화나무 한 그루가
새벽부터 소란스럽게 달린다
경보음을 울리면서
웽웽 시급을 다투고 있다

바쁜 일상 앞에
꽃댕강나무는 느긋하게 꽃 피우며
제 앞날을 절정 중이지만
매미는 어쩌다가
늙은 회화나무를 택해
짧은 일생을 달리려 할까
찌는 듯한 낮잠을 접고
담장 그늘 쪽으로 피하는 햇살들
이질풀꽃 붉은 귀를 닫는다

주야로 시끄럽다는 일생
맹목으로 살아가고 있는 것 같지만
알고 보면 계절을 앞서가려고
사력을 다해 간절기를 횡단하는 중이다

누군가 저 경보음 좀
꺼주었으면 좋겠지만
모두가 폭염이 거느린 폭발 같은 것이라
쉽게 접근하지 못한다

울려라 경보!
오늘 같은 폭염엔 도둑들도 키가 낮아
손에 닿는 금품들이 높기만 하다

망중한

지난밤엔 바쁜 꿈을 꾸고
한낮을 쉰다

장식장 위에서 울려대는 시보時報 때마다
뒤척였고 그때마다 늙었다

바람을 엮어 연못에 던져놓고
햇살 모종을 꽃밭에 옮겨 주고
그늘을 솎아 나무 아래 풀어놓았다

창틈으로 뻐꾸기는 혼자 바쁘다
울음을 토해 내놓기 무섭게
산과 산이 어린 귀들에게 물어다 나르는
무성한 적요가 즐겁다

나는 꿈에서 늙었다
어제처럼 생시를 가꾸는 일에
열 자루 호미를 닳게 했다

풀 물든 옷을 벗고

벌레 물린 뒤꿈치를 털고
이음새가 없는 잠으로 가기 위해
편한 옷을 갈아입고 한 채 꿈을 덮는다
잠과 생시 사이에
누군가 태어나고 또 죽었다

잠과 꿈 사이에는
풀지 못하는 무수한 단추들이 있지만
겹겹 옷들을 풀어헤치듯
계절을 건너는 잠과 생시들이 헐거워만 진다

붉은 손바닥

사내는 한때 붉은 손바닥으로
창백한 안건에 대해 박수를 친 적 있다
바리케이드를 향해 돌을 던진 적 있으며
뜨겁게 피눈물 흘린 적이 있다

광장에서 도로에서 후미진 뒷골목에서 어깨동무로 타올
랐다 호각 소리에 밀려 목쉰 구호들은 건물 지하나 번방으
로 숨어들었다 갈수록 창백해지는 얼굴을 위로한 것은 오
직 붉은 손바닥뿐이었으나 붉다는 것은 오해를 불러일으키
기 쉬운 색

사내는 혈관을 타고 돌아다니는 붉은 손바닥과
그늘을 끌고 망명하는 노을을 사랑했다

붉은색이 손에서 조금씩 빠져나가자 모두 뒷짐을 쥐고 있
고 누구도 선뜻 손바닥의 색깔을 보여 달라 말하지 못했다
등을 돌리고 눈빛을 숨기고 낡은 깃발을 수선하면서도 손은
자꾸 붉은 것들을 움켜쥐려 했다

색이 빠질 대로 다 빠진 오늘

홍가시나무 담장을 다듬고 있는
손바닥이 붉은 그를 다시 보았다
손에 힘을 줄 때마다
붉은 잎들은 잘려 나갔고
사내 등 뒤로 잘린 노을이 수북했다

다듬어진 담장 아래
사내가 벗어놓고 간 한 켤레
낡고 미지근한 손바닥을 보았다

봄의 타이머

봄엔 돌아가는 것들이 많다
보기 싫어 돌리는 고개와는 다르게
자꾸 한눈을 파는 사이
정말 눈 한쪽이 사라지는 일 같은

나는 즐겁다
한눈파는 내 눈이

겨우내 묶어두었던 눈을 풀어주자
굳이 두 다리와 몸이 따라갈 필요도 없이
눈꺼풀로 두근거리는 곳곳의 봄봄

연두 바람 뒤로 꽃잎들 돌아가고 봄비가 돌고 돌아 아지
랑이로 날아오르고 치맛자락 휘돌아 발끝이 돌고 책장을 넘
기던 고개가 돌아간다

다 봄의 타이머들

두 눈 뜨고 잠시 봄볕에 나갔다 돌아온 것 같은데
사라진 것들이 많다

오색나비 따라 아장 걷는 아이 눈웃음, 행주 삶는 냄새,
철없이 방싯거리던 햇살과 시시로 눈 맞추던 창밖 새들이
보이지 않는다

봄이 돌아가는 어느 마을에선
분명, 새살림 나는 집 있겠다

수의를 짓다

곰솔 어르신 한 벌 수의를 준비 중이시다 칡넝쿨 끌어다 기꺼이 품과 기장을 재시더니 계뇨등 꽃무늬로 섬세하게 수繡까지 놓아가며 환삼덩굴 엮어 촘촘하게 바느질하는 중이시다

결박을 위해 속박을 벗고 계시다

살아서는 사람들의 든든한 관을 꿈꾸시더니 마음 바꿔 한 그루 죽음이 되시려는 것이다 분별없이 거친 줄기들로 씨실과 날실을 삼아 한 땀 한 땀 박음질하여 한 벌 습의殮衣를 마련 중이시다

벌 나비들로 수백 개 만장을 만들어 놓고 만가를 흥얼거리고 계시다 평생 단 한 번의 계절도 쉬어보지 못하고 사철 푸르게 달려온 일생을 일곱 매듭으로 묶어 끝내려는 중이시다

누구 하나 도와주는 손길도 없고 애틋하게 바라보는 눈길조차도 없지만 따가운 햇살과 태풍, 무성한 여름 한철을 섞어 스스로 넉넉한 수의를 지어놓고 택일擇—을 손꼽는 중

이시다

이미 뼛속까지
번잡한 벌레들을 들이시고도
들끓는 곡哭소리에도
시취尸臭 하나 없으시다

순번을 앓다

　이른 아침 병원 복도에서 번호표를 뽑아 들고 한없이 지루하다 순서가 호명되는 순간마다 긴장되는 눈빛들 문득, 이것이 죽음을 기다리는 차례라면 의자에 등 붙이고 앉아있지 않을 테지 전광판에 시선을 묶어놓고 마냥 따분하지 않을 테지 기다리는 일을 재촉하지 않기로 한다 차츰 다가오는 번호에 신경을 곤두세우고 서성거리지 않기로 한다 그늘이 깃든 얼굴들이 진료받을 차례를 기다리는 병원, 병도 제각각 분류가 달라서 서로 다른 부위를 앓고 있겠지만 한 몸으로 버텨내는 시간은 길기만 하다 차례를 손꼽지 않아야겠다는 생각 끝에 낯익은 호명이 손안에 쥐어지고

　이렇듯, 세상 어느 하루쯤
　내 병을 묻고
　설명할 일도 가끔 있는 것이다

임시 감옥

정오, 사선으로 달려와
함석지붕 위로 쏟아지는 시차들
단음斷音으로 사방을 둘러친다

빗줄기는 느닷없는 임시 감옥 같아서 얼떨결에 낯선 처
마 밑에서 어깨가 젖는 형량을 산다 몸을 움츠리고 사선에
갇힌 풍경들을 안타깝게 바라보다 빗방울을 발끝으로 튕겨
본다 부서지는 방울들은 바닥을 적시며 찰박거리며 어느 건
망健忘 속 빨랫줄이나 추격하고 있다 지붕을 세상 정수리로
착각한 듯 집결지로 오인한 듯 요란한 사선들이 긴 거리를
엉키지도 않고 모여들어 창살을 겹겹으로 둘러치고 있다 함
께 수감된 사람들이 민망한 눈빛으로 서로를 위로하고 있다
그러고 보니 처마는 소나기가 아무리 떼 지어 몰려와도 숨
어들기 적당하고 젖어들기 맞춤 맞다

비 오는 정오
번호가 새겨진 수의囚衣처럼
면회실 창살처럼
사선들이 함석지붕을 감금하고 있다

달필

구포 오일장 난전 좌판에는 종이 박스 쪼가리에 쓴 달필들이 당당하게 전시되어 있다 온갖 푸성귀와 과일들 이름과 가격이 적힌 푯말에는 오그라든 오이 같은, 벌레 먹은 개복숭아 같은, 상처 난 감자 같은, 그 형편을 꼭 빼닮은 필체들이 일필휘지로 쓰여 있다 , 그건 갓 수확해 온 오늘의 텃밭 시세이면서 푸짐하게 야채 다발을 묶어낸 싱싱한 단위들이다 방금 출시된 계절이 잘 다듬어진 색과 어우러져 오가는 입맛을 끌어당기며 격이 맞는 낙찰자를 기다리고 있다

그러나 그 시세표들 믿을 게 못 된다는 것을, 조금 늦은 시간까지 어슬렁거리다 보면 알게 된다 흥정이 뜸해지고 그늘이 시들기 시작하면 시세도 덩달아 시들어 풀 죽은 단위는 한풀 꺾이고 만다 종일 쪼그리고 앉아있는 늙은 점주들 배 속까지 꼬르륵 시들고 나면 텃밭의 에누리들이 제멋대로 들썩거린다는 것을 알게 된다 시든 푸성귀를 뒤적거리며 시들어가는 발길을 향해 어둑한 떨이를 외치는 낯익은 목소리들, 시든 무릎을 접고 달필을 거두어들이며 보따리를 싸는 거친 손마디들에게 물어보면 당연하다는 듯, 한 줌 덤처럼 듣는 넉넉한 핀잔 같은 것이다 판판이 장이 시들어도 달필들은 시드는 법 없이 꿋꿋하게 일필휘지할 것이다

수습

호박을 자르면 누렇게 물든 서역이 열린다 어느 다비식
에서 본 용맹정진을 마친 노스님의 사리 수습이 떠오른다
호박씨 하나엔 얼마나 많은 넝쿨들이 우거져있나. 다리쉼
을 하는 별들, 지지 않는 별들과 풀벌레 울음소리와 후둑이
는 빗소리 영글어있나

늙은 호박, 황량한 제 속을 열어놓고 세상 뒤편 공터를
비웃는다

호박씨를 수습하는 것은 매년 허물어진 담에서 푸르름
을 거두는 일이고 묵은 텃밭 면적을 가늠하고 가꾸는 일이
다 늦가을 논둑에서 서리 맞은 넝쿨에 매달린 누런 호박 의
심하지 말 일이다 사리들로 가득한 이처럼 환한 잇속이 또
있겠는가

넝쿨들 다 풀 죽은 후
드러난 모의처럼 공터에 돋던 낮달처럼
늙은 호박이 누렇게 서쪽 품으로 저물고 있다

연필의 소환

까마득한 지층을 허물듯
연필을 깎아 지하에 응축된 필체로
미명을 기술하려 한다
칼날 끝에서 풀어져 나오는
검은 마음은 불시에 소환된다
몇만 년 전 푸르른 나무가
어떤 숙고를 거쳐 다시 채굴되었듯이
이 몇 줄의 문장이란
어느 틈을 돌고 돌아
지면으로 딸려 나오는 것인가
마음과 지층은 서로
현현을 나누어 채굴과 채록을 주고받는가
들볶이는 상념이란
이렇게 검은색이라는 것을
뼈를 깎아내야만 한다는 것을
평생을 기록할 지필이란
단 몇 자루 연필로 족하다는 것을
아득한 지층을 허물며
작아지는 연필에게 묻고 답한다

그늘이 달린다

　목포행 첫차에 승객 다섯이 안전벨트를 매고 잠에 묶여 있다 우등 버스는 휘어지는 어둠을 더듬어 몇억 년 전 꿈을 덜컹거리며 달리고 불황에 흔들리는 빈 좌석들은 어느 새벽 선창에서 날품을 팔고 있는지 아르바이트 대리운전 기사는 또 어느 취객의 전화를 기다리고 있는지 옆자리는 텅 비워 놓은 채 불안한 잠을 꽉 매고 침침하고 불편한 버스를 빌려 잠시 졸음 터널을 통과하는 중이다

　가끔 어디쯤 지나가고 있는지 확인하느라
　흠칫, 엎질러지는 잠

　생의 어디쯤을 달리는지 두리번거리는 잠들의 종착지는 비릿한 터미널이다 정각으로 떠난 출발지에서 연착으로 달리는 속도의 속사정을 알 사람은 다 안다 비스듬히 기울어지는 쪽이란 중심을 잡고 덜컹거리는 쪽이다 덜컹거린다는 것은 허공을 잠깐 날아보는 것이지만 받쳐주는 곳도 있다는 뜻이다 구겨 넣은 잠의 자세들을 그늘들이 딱 맞게 받치고 꿈을 향해 새벽을 달리고 있다

질주

봄볕 속에 암말이 마방에 묶여 있다
괴성을 지르며 기립 자세를 취하는 씨수말
여기저기 보기에 민망한
사람만이 민망한 교배가 한창이다
엄선된 수말의 씨가
넓은 초지를 달리듯 트랙을 돌듯
교두보를 타고
암말 속으로 질주한다, 빠르다

본능적 목적이 유희보다 빠른 발을 가졌기 때문에
욕망으로 치닫던 끝이 얼마나 지지부진해지는지
아는 사람만이
빠른 발의 유희에 탐닉하곤 한다

봄바람에 버드나무 꽃씨들 일제히
달린다 날아간다
장엄하게 민망하지 않게
땅을 열고 들어간다
마방마다 교성이 질주하고 있다

교배를 끝낸 수말 입가에
숨찬 버캐가 허옇게 피어나고 있다
안장도 편자도 경쟁자도 없이
오로지 목적을 향해 달린
불끈했던 트랙이 서리 맞듯 풀 죽어간다
여진으로 갈기를 튕기는 등줄기
말들은 리듬을 태우고 달리는 존재다

끝물

여름 들판 잘 익은 꼭지들이
허공에서 시든다

가지 끝마다 잠자리를 앉혀 두고도
휘청거리는 부실
끝은 한철 욕망을 지나왔으면서도
여전히 향과 단맛을 채우는 중이다

지난여름에는 시어빠진 시詩
몇 편 써놓고
온 인상을 구겨 자만했었다

봐라, 절정이란
들키지 않는 낙과 같아서
껍질 속에 튼실한 주제를 숨겨 두고
보란 듯이 거풍舉風하고 있다

끝물
제 몸의 물을 제 끝에서 말리는 일

식물과 내가 어쩌면

동향同鄕일지도 모른다

밤에 읽히는 책

너무 멀어서
어둠이라는 책엔
반짝이는 문자들이 많다

먼 글자들로
밤의 바탕에 쓴 자술서들은
진공의 상상력을 묶어
어느 책력 속 날짜가 되었을까

공전과 자전을 반복하며
이주를 꿈꾸는 활자들이
밤의 둥근 갈피마다
절기節氣들을 끼워놓고
문자 그 이전부터 팽창하고 있는
문명을 지금도 집필 중이다

한 알의 문자 속에서
봄이 왔고 꽃이 피어났듯
일탈을 꿈꾸는 두근거리는 문자로
문맹의 책을 쓰고 싶을 때가 있다

뚫린 지붕 꼭대기로
끼니 때마다 연기를 흘려보내고
별들의 교본을 받아 적다 보면
가물거리는 먼 문자들도 사실은
뜨겁게 끓고 있거나
활활 불붙어 있다는 것을 알게 된다

따지고 보면
밤이 가장 빛나는 문명이다

존재의 위상배열位相配列과 혼융混融의 시학

유종인(시인, 평론가)

1.

기존既存의 모든 것들이 그 인식에 있어 당대로부터 새로움의 정수(精髓, integer)를 부여받은 것은 아닐 것이다. 특히 그것이 인간의 단순한 분별력(discrimination)을 통한 기능적인 변별辨別을 위한 경우에는 더 그러할 것이다. 사물 대상의 고유한 가치(value)의 결을 파지把持하지 못한 상태에서의 임의적인 대상 외양外樣만의 결(disposition)을 판단한 경우엔 그 변별 자체는 분류의 단위(unit)일 따름이다. 즉 분별을 위한 차별差別의 수위에 암묵적으로 모든 대상 사물들이 은연중에 배치돼 있다는 뜻으로 해석할 여지도 있다.

대상을 차별하지 않으면서 대상의 고유한 뉘앙스를 살려내고 그 정서적인 미감美感이나 생태(ecology)를 참다이 분별하는 시적 주도력主導力이란 어떤 것일까.

김경숙의 시적 눈길은 자신을 둘러싼 사물이나 현상을 기존의 관습적인 분별로부터 떼어놓는 신선한 예지叡智로 분방奔放한 화수분(inexhaustible supply) 같다. 그러기 위해 시인이 품어내는 시각視角의 일단一端은 기존의 미추美醜에 대한 관념에 통쾌하게 통박痛駁을 놓듯 역전적逆轉的 감각과 의식을 풀어낸다는 점이다. 기존의 사물이나 인식이 지녔던 당대로부터 지금 우리가 마주하는 당대當代에 새로운 인식의 이마받이가 가능하도록 새뜻한 신호(signal)의 싹(燭)을 틔워 내고 있는 것이다.

꼬리란 꼬리들은 모두 아름다워서
넋 놓고 하루를 놓친 적 많다

몸의 굴절이 꼬리를 통과해 빠져나오듯
얼굴로 익힌 체득은 꼬리로 버려지는데
가시밭길 지나온 마음 뒤틀림들은
퇴화된 꼬리뼈로 흘러갔을 것이다

봄 들판으로
바람이 빈손으로 몰려가고
삐비꽃이 술렁이고
그 뒤를 미루나무 홀씨들이 따라간다
춤으로 무장한

유연한 척후다

그런 꼬리 하나 갖고 싶다

어두울 무렵
하늘이 닫고 있는 붉은 꼬리를 배경으로
저무는 방식을 습득하고 있는 수평선이
발뒤꿈치를 들고 환하게 뒤를 잠그고 있다
궤적을 반짝이며 사라지는 유성처럼
버려도 좋은 꼬리 하나쯤 있어
그 꼬리에 몸을 묻고
오래 저물고 싶다

─「유연한 척후」 전문

'꼬리'와 '꼴찌'는 실제와 이미지image 사이의 유사성類似性과 상이성相異性이 한데 어우러진 관계항을 지니고 있다. 실물 그 자체로서의 부위部位인 꼬리가 신체의 말단末端이라는 꼴찌의 뉘앙스를 전혀 지니지 못할 바는 아니다. 또 그렇다고 꼬리가 꼭 꼴찌라고 하는 인간의 세속적인 우열優劣이나 서열 짓기의 개념으로 퇴행시킬 성질의 것은 더더욱 아니다. 이 시편의 제목처럼 꼬리는 척후(斥候, scoutiong)라는 기능적인 관점으로 보이기도 한다. 또한 거기에 부가된 또 하나의 꼬리의 심정적인 기능은, '가시밭길 지나온 마음 뒤틀림들은/ 퇴화된 꼬리뼈로 흘러'가게 하는 정화(purifica-

116

tion)와 위로의 차원으로 복무하기도 한다. 앞서 분별적인 서열의 차원에서 다뤘던 꼬리의 열등한 이미지는 시인의 다변화된 관점과 참신한 감각적 전이轉移의 시각으로 존재의 속내를 품어주듯 '궤적을 반짝이며 사라지는 유성처럼' 늠늠한 꼬리의 처지로 거듭난다. 더 확장된다면 꼬리는 신체의 말단이라는 굴레에서 벗어나 자유를 구가하는 아름다운 '넋'의 대상으로 환골탈태의 이미지를 부여받기에 이른다.

시인이 꼬리를 사랑홉다 여기는 것도 아마 '버려도 좋은' 그 선선한 방하착放下着의 직관적 깨달음과 자기 힐링의 경과經過를 스스로 수락했기 때문이다. 설사 꼴찌의 낙인烙印이 찍힌다 하더라도 그것이 존재의 활로(means of escape)의 촉매가 된다면 기꺼이 그 꼴지의 뉘앙스를 감내하는 꼬리는 새로운 위상位相으로 옹립될 여지가 농후하다. 그것은 시인이 대상이 지닌 고정관념을 탈각시키고 새로운 방향성을 겸비한 그리고 '유연한' 비유(metaphor)로 살려내는 데 즐거이 동참하는 서슬을 낳는다.

사과 반쪽
숨결 앓는 소리도 없이
침대 밑에서 한쪽을 닫는 중이다

껍질 잃은 쪽부터 야위고 있다
변색은 망진望診과
청진聽診으로 앓는 시간

바람을 뼛속에 들인 사과는
단맛으로 겨우 연명해 가는 중이다
맛으로 치자면 호사스런 죽음
끝내 단것을 뿌리치지 못했다는 뜻이다

깜빡 잊고 있던 반쪽들
단맛으로 멀어지거나 잊히고 있는 중이다
이러지도 저러지도 못하는 해후
추억도 없이 시드는 반쪽을
문득, 만날 때도 있는 것이다

돌아선 등
굽어진 껍질 쪽은 아직 표정이 남아있는
단맛들이 끝까지 몰려 있다

기억해 보면 누구나
그런 인연 하나쯤은 다 있다

—「단맛으로 죽다」 전문

'단맛'이라는 생의 습관화된 열락悅樂과 죽음이라고 하는
파괴적인 속성屬性이 함께 길항拮抗하고 서로 갈마들며 삶과
죽음을 두 동 지지 않고 맞대면시키는 장(場/章)이 이 시편
속에서 도도록한 인식의 봉우리를 융기隆起시킨다. '단맛으
로 멀어지거나 잊히고 있는 중'인 사과(apple)는 사과만의 문

제가 아닌 듯하다. 일찍이 시인 김관식金冠植은 '사람은 우환憂患에서 살고 안락安樂에서 죽는 것'(「병상록病床錄」)이라 일갈했거니와 '표정이 남아있는/ 단맛들'로 삶은 죽음과 내통하는 아이러니irony적인 상황을 보여 준다. 삶의 단맛과 죽음의 쓴맛이라는 기존의 단순한 감각적 인식 체계가 김경숙의 예리하고 웅숭깊은 눈길 속에서 전복(subversion)된다.

시인은 삶의 쾌락적 일면인 '단맛'이 죽음을 용인하고 받아들이는 중독中毒의 경향이라고 보는 듯하다. 사과와 인생, 어쩌면 이 둘은 결락缺落된 듯 두 동 져 보이나 실은 화자의 양가적兩價的인 시야 속에서 사과의 '단맛'은 '끝내 단것을 뿌리치지 못'한 인생과 소멸의 증후(syndrome)가 서로 반보기하듯 만나는 시적 점이지대를 형성한다.

길 끝에서 비박bivouac한다

저문 하루 곁에서 두터운 구름 곁에서 몰려오는 빗소리 곁에서 웅크린 날씨 곁에서 날카로운 바람 곁에서 낯선 비린내 곁에서 비박한다

곁이 없을 것 같은 악천후도 한 사람이 웅크릴 만한 공간은 내어주는 것일까 떨리는 몸을 웅크리고 있다 보면 내 체온이 곁을 품어 따뜻해지듯 악천후도 숨겨 놓았던 체온을 슬쩍 내어놓을 때가 있다

얇은 침낭을 경계로 잠을 청하다 보면 뒤척거리던 사나
운 결이 멀리 있다 여겨질 때도 있겠지만 아침, 일어나 보
면 을씨년스러운 것들을 지척에 두고 선잠을 나누어 가졌
다는 것을 알게 된다

　　새들이 울고 다시 나뭇잎이 반짝이는 것은
　　어떤 악천후도 지척을 모른 척하지 않았기 때문이다
　　　　　　　　　　　　　　　　　—「결을 품다」 전문

　　이런 시적 행보는 좀 더 진일보進一步한 관계적 양상으
로 대상과 교류하는 너나들이의 심정을 구사하기에 이른
다. 즉 주변부적 이미지의 '결'을 새롭게 닦아세우는 화자
의 인식에 의해 감각적으로 새로 얼러내지는 내적 풍경을
낳는다.
　　'결을 주다'라는 구절과 '결을 품다'라는 구절 사이엔 어떤
간극間隙이 존재할까. 실상 결을 주는 것과 결을 품는 것은
그 주체의 의지적 행위의 형용形容의 결만 다를 뿐 그 속내
는 같지 않을까. 그것은 결(vicinity)이라는 주변부적周邊部的
요소에 대한 전복적顚覆的인 인식의 체온을 새롭게 측정하
는 화자의 눈썰미에 의해 '악천후도 숨겨 놓았던 체온을 슬
쩍 내어놓을 때'를 간파하는 지경을 낳는다. 그러므로 화자
가 파악한 사물과 존재의 '결'은 주변부적 흔적과 소소한 기
미幾微의 상태를 벗어나 '을씨년스러운 것들을 지척'에 두고
'선잠을 나누어 가'지는 온정적인 존재의 심성(mind)에 다가

들게 된다. 그러므로 '곁'과 '중심'이 하나로 아우러지고 객체(object)와 주체(subject)가 너나들이하면서 그 기존의 위상들은 뒤섞이고 역전되며 드디어는 화합한다. 즉 세상의 사물과 사람들이 '새들이 울고 다시 나뭇잎이 반짝'이'듯 거듭남의 갱신(renewal)의 상태를 회복할 수 있는 것은, '어떤 악천후도 지척을 모른 척하지 않'게 하는 존재의 곁에 대한 지극한 응시凝視에서 돋아난다.

　김경숙은 이렇듯 곁을 내어주는 것과 곁을 품는 것이 단순히 시혜施惠의 주관과 박애博愛의 이미지에 한정하지 않고 대자연에 속한 모든 숨탄것들의 생태적 분위기로 얼러내는 듯하다. 그것은 마치 시적 보무步武와 시적 수행修行을 동시적으로 감행하는 시안詩眼을 조리차하는 시인의 일상의 뉘앙스로 비치기까지 한다. 그것이 시인이 감내하는 비박Bivouac의 정신으로 모든 야생의 존재와의 끝없는 교섭과 응집력으로 시적 조경造景을 견인하는 지경이 자연스럽다.

　　저건, 인류가 아직 개발하지 못한
　　신소재 유리문 같은 것

　　흰뺨검둥오리들, 꼭 자신이 발 담근 곳에서만 먹이를 찾는다 고개를 물속으로 처박을 때마다 와장창 깨지는 물의 손잡이들, 출렁이며 스스로 접합되는 수면이 그리 만만한 곳은 아니다

밥이란 것

　일렁이는 물 같은 것

　절실한 끼니란 저런 것이다 무엇을 깨고 바닥에서 건져

올린 파편들로 끼니를 때우는 흰뺨검둥오리들, 물속을 먹

되 물을 허물지 않는 정중한 식사법이고 뭉툭한 부리 또한

물에 대한 미련한 예의일 것이다

　세상의 모든 제자리라는 것

　새들이 깔고 앉은 저곳 같으면 좋겠다

　　　　　　　　　　　　　　　　―「물 깨고 식사하기」 전문

　삶의 행위와 인식의 방향을 논할 때 우리는 일방一方의 치

열함과 성실성만을 결집하는 경우가 많은데 화자의 생각의

방위方位는 최소한 양방향을 끌어들이고, 다양한 방향성方

向性을 얼러내면서 통섭하는 것이 삶의 지향(direction)으로

오롯해진다. 단순함에 매몰되지 않고 고통과 기쁨과 우울

이 함께 어울리는 이런 삶의 다향성多響性은 흰뺨검둥오리

가 '고개를 물속으로 처박을 때마다' 그 생존의 방위가 역전

되는 모종의 쾌감과 성실함이 도드라진다. 그것은 '와장창'

이라는 부사어를 통해 아주 현실감 있게 드러나는데 그것

은 장애障碍를 넘어 그것을 깨부수는 과정에서 태어난다. 이

삶의 과정은 '절실한' 존재의 행위를 통해 새로운 방향을 낳

는 것이니 고요 속에서의 일방一方이 어느새 양방兩方이 되

고 급기야는 주변 생존의 여건 속에서 흰뺨검둥오리의 도저한 '끼니' 행각은 사방팔방四方八方을 엮어내는 실존實存적 입체파(cubism)의 기조를 낳기에 이른다. 물에서 일어나는 파장波長과 파문波紋과 파쇄破碎와 파생派生은 흰뺨검둥오리라는 매개를 통해서 창조적인 존재의 산출과 연명과 번식이라는 자연현상을 즐거이 해석할 여지를 품는다. 김경숙의 방향에 대한 날카롭고 유니크한 생명 인식이 감각적인 전위轉位의 현상을 끼끗하게 바라보는 인식점認識點을 돋을새김하고 있다.

존재의 먹이, 즉 생존의 끼니를 향한 시인의 집요하고 웅숭깊은 시선으로 인해 삶의 몸짓들이 구사하는 방향들이 얼마간 절실하게 다양한 방향을 얼러낸다. 그 실존의 거처가 바로 물 위라는 점이 자못 의미심장意味深長하다. '물속을 먹되 물을 허물지 않는' 식사법은 주변 자연과 숨탄것이 하나로 조화된 경지, 물의 심성과 생명의 욕구가 하나로 어울리는 그 치열하면서도 자연스런 상황이 화자의 눈길에 견인된다. 일찍이 노담옹老聃翁이 물의 처세(conduct of life)를 그 유명한 상선약수上善若水라는 절구絶句로 갈파했던 바, 그 무위無爲의 행위 속에 유위有爲의 본원적인 욕구 또한 그리 두동 진 것만은 아니다. 이러니 물의 고요를 깨는 파장과 가만한 소란조차 끼끗한 존재의 진상眞相으로 여실하다.

2.

존재의 일상에서 얼러내는 다양한 방향성의 행위는 실존
적 행각의 범속한 향유와 그 오롯한 실정實情일 수 있겠다.
모든 존재들은 그 중차대한 국면에서 혹은 일상의 소소한
현황現況 속에서 나름의 자기 향방向方을 고심하고 그 자연
스런 선택의 기로岐路를 온몸으로 혹은 마음의 일단一端으로
조리차해 나간다. 그래서 존재나 사물들 모두는 저마다 관
계적인 국면에서 대척적對蹠的인 방향으로 등을 돌리기도 하
고 서로 조화를 꾀하면서 한 무리의 일방一方으로 쇄도하기
도 하며, 긴장과 갈등의 분산적인 방향을 보이다가 중재仲
裁와 조정調整의 과정을 거쳐 수정된 합의의 방향성을 견지
하기도 한다.

그런데 이 나름의 방향성을 지닌 존재들의 갈등이나 화
합의 경향은 숨탄것들이나 사물 각자의 속종엔 자기 정체성
(identity)을 추구하려는 본원적인 열망이 내재해 있기 때문
이다. 그러므로 방향성을 가지지 않는 것은 그 자체로 변화
에 동참하지 못하는 멈춤, 즉 죽음의 불가역성不可逆性에 놓
여 있다고 볼 수 있다. 어쩌면 생명이 없는 것들조차도 대
자연 속에서 순환과 변화의 도정道程을 멈추지 않는다. 어
떤 나뭇가지 하나가 봄날에 새 가지를 더 허공 중으로 밀어
내듯이 죽음조차도 하나의 과정에 속한다 할 수 있다. 숨탄
것이나 갖은 사물들이 지닌 방향성은 그것의 태생이 지닌
존재 자체의 성향으로 굳이 시비是非의 대상으로 예단하는

것은 섣부르다. 저마다의 개성적 존재의 출현이 지닌 생명의 지향성으로 봐야 할 것이다. 그렇다면 그런 숨탄것들이나 사물의 존재 수명이 다했을 때의 사후적(事後的/死後的) 방향성이랄까 성향은 어떻게 바뀔까?

　　먼지는 날짜에서 피어난 부피다

　　혹 불면 날아오르는 먼지들은 날개들의 반대파이거나 꽃의 대역代役이다 피어오르고 난 뒤엔 반드시 지는 일종이지만 우수수 지지는 않는다 혹자는 가라앉지 못하므로 분한 마음일 수도 있겠다

　　깃털을 품고 있는 고요한 일습一襲일 것이다 평생 외출해본 적 없는 가구들을 들어내면 숨죽여 살아온 날들이 어깨를 펴고 공중으로 솟구친다 그동안 까맣게 잊고 살았던 시간의 부스러기들이 소리 없이 눈부시다

　　외면과 방치 사이에 헐거워진 틈, 틈을 열고 틈새를 털어내다 보면, 놀라 창밖으로 달아나려는 자욱한 방위들, 햇살을 젓는 야윈 헛날갯짓이 반짝이며 뒤엉키다 힘없이 주저앉는다

　　먼지력, 이보다 더 견고한 달력이 있을까
　　나무둥치에 번져가는 나이테 같기도

노인 살갗에 핀 검버섯 같기도 한

　　바닥을 벗어나려던 절박했던 순간들이

　　들풀거미 줄같이 소복하다

　　너무도 헐거워서 날아가는 것조차 잊고 있는 먼지들, 그

　시간의 허물이 날개의 부력이다 오래되면 흐릿한 시야가

　되고 마는

　　먼지는 사물이 벗어놓은 날짜다

—「먼지력曆」 전문

　　시인의 사물에 대한 변별력은 그 자체로 존재의 확장이라
는 맥락(context)과 이면적으로 맞닿아 있다. '먼지'에 대한
화자의 웅숭깊은 관찰력과 직관(instincts)에 의해 그 소멸의
징후인 먼지를 '날개들의 반대파'거나 '꽃의 대역代役'으로 확
장시켜 호명呼名하는 놀라운 감식안을 선보인다. 외적 풍경
의 일부에 비유하는 데 그치지 않고 아직도 소멸하지 않은
인간의 감정으로까지 먼지의 이미지를 번져내고 있으니,
그것은 '가라앉지 못하므로 분한 마음'일 수 있다는 심리적
혹은 심미적審美的 상상의 확전擴戰을 즐거이 이끌어낸다. 더
구나 먼지는 그 존재의 방향성을 다각화多角化시켜 '견고한
달력'이나 '나이테' 혹은 '노인 살갗에 핀 검버섯' 등으로 유
비類比되면서 '먼지는 사물이 벗어놓은 날짜'를 소집할 수 있
는 달력(曆)의 이미지로 늠늠하게 전환되는 쾌거를 이룬다.

소소하고 보잘것없이 치부되던 먼지에 대한 화자의 이런 놀라운 시적 담론談論은 그 상상력의 바탕이 기본이겠지만 존재 대상을 바라보는 녹록지 않은 시적 응전력이 더해졌기 때문이다. 이는 사물이 지닌 단순성을 벗어나 그 다양한 변이태變異態를 존재의 '자욱한 방위들'로 열어놓기 때문에 가능한 일이다. 우리는 지금 저 먼지의 부유浮遊처럼 자욱한 방위들로 풍진 세상을 헤쳐나가는지도 모른다. 그 헤쳐나감이야말로 고통과 기쁨과 우울과 선망羨望, 자잘한 좌절 등이 갈마들면서 실존적 자아를 이 주변부적 소소한 우주와 함께 수렴하는 행진일 수도 있다.

　　눅눅한 편성표다

　　한여름, 거센 빗소리가 클로즈업되고 고화질 와이드 화
　면 속으로 앞산과 들판이 젖는다 뻐꾸기 소리는 종일 재방
　영되고 마을을 덮치는 안개는 대서특필 생중계 중이다 회
　를 거듭할수록 때맞춰 시청료를 걷으러 오는

　　장마의 틈
　　잠깐 갠 날씨

　　같은 화면인데도 원추리 꽃대와
　　쥐똥나무 울타리들은 한 뼘 웃자랐고
　　매미 울음을 담장 위에 널어 말리는

예측 불허의 틈, 틈
그것을 우주가 한눈판 사이라 하자
파랗게 젖은 일색을
널어 말리는 중이라 하자

축대가 무너진 자막 사이로 무지개가 떠오르고 우왕좌
왕 다급해하는 사이렌 소리들이 범람한다 빗소리 뜸해진
숲엔 이끼들이 초록 부침개를 부치고 관절 사이로 빗방울
들 콕콕 들어와 박힌다 엎질러진 술병도 놀라 파랗게 갠
다 수위를 높인 저수지에 흙투성이 하늘이 몸을 씻고 있다

특종 뉴스로 실시간 보도되는 장마는 진흙탕이다
젖은 얼룩들은 흰옷 무늬를 꿈꾸며
화면 밖에서 안절부절못하고
다투어 웃자라는 연체료들이
밭고랑 사이마다 무성해지고 있다

틀어놓은 장마 채널 방송에서
오래전 샛강으로 떠내려간 황소 울음이 들리고
흐렸던 사람들이 모처럼 갠다
그래도 비틀어 짜면 찌뿌듯한 며칠이 흘러나올 것 같다
—「빗소리 시청료」 전문

주변의 자연물自然物들이 다양한 입체적인 방향성(direc-

tionality)을 갖는 것은 그 자체로 생기生氣가 득의양양한 자연
물에 우리가 에둘러 싸여 있다는 방증이다. 이 다양한 입체
적인 방향성의 주변 자연 생태계는, 서로 간섭干涉과 수렴收
斂, 호응과 방기放棄, 무심無心과 유심有心, 본능과 휴의休意
같은 서로 상반되는 생태현상들이 임의적 자연(nature)으로
발현되면서 우리에게 '눅눅한 편성표'로 자연스레 효용되고
진설되며 존재의 시청視聽을 가능하게 한다. 얼핏 보면 '우
왕좌왕'하는 듯하지만 그것 자체로 이미 자연스런 생태의
질서를 보유하고 있는 것이며 '수위를 높인 저수지에 흙투
성이 하늘이 몸을 씻'듯이 비 오는 현황의 자연스러움으로
우리에게 개진開陳된다.

하나의 빗속에 저마다 다르게 분별된 자연물들이 보이는
생태적 반응은 그 자체로 적대적이지 않고 언젠가는 이 대
자연의 흐름에 수습되는 방향들로 천진난만天眞爛漫한 분방
함을 지닌다. 이 분방함의 각자도생各自圖生은 이기利己이면
서 이타利他를 보전하는 어울림 속에 뒤섞이는 '틀어놓은 장
마 채널 방송'으로 우리의 귓전을 호강시킨다.

시의 첫 연에 등장하는 '편성표'라는 어휘語彙는 단순히 방
영될 영상의 순서나 구성에 한정하지 않고 현실에서의 뭇
생명들이 지향하는 다양하고 다원적多元的인 방향성의 생
태生態를 고스란히 담지擔持하는 개언槪言으로 낙락하다. 자
연의 무상無償의 가치와 자본주의적 시장경제의 부가가치
(added value)를 대립적으로 분별시키지만 않고 그 둘 사이의
흥미로운 진전 상황을 중계하는 것은 역시 시인의 인상적

인 표현 덕택이다. 자연에 교감한 화자의 인상적인 환기력은 '틀어놓은 장마 채널 방송에서/ 오래전 샛강으로 떠내려간 황소 울음이 들리'도록 하는 참신한 환기력을 돋우는 언어의 방송이기도 하다. 이는 소멸되고 소진된 과거의 인상적인 현상들을 현재의 시공간에 다시 불러오는 입체적인 혼성(混成/混聲)의 개진으로 쏠쏠하다. 단순히 물리적인, 일회적인 시간의 방향 관념을 탈각시킨다는 점에서도 이는 시적 공간의 풍성한 방향의 잔치와도 같다. 앞서 「먼지력」이라는 시에서 말한 '자욱한 방위들'이 그 실제적 환기와 미감美感과 이미지를 한데 즐거이 소요逍遙하는 형국이다.

치욕을 앙다물 때
이빨들은 각오를 다져 기둥이 된다

견칫돌 하나를 쌓으면 탑이 되고
대웅전 앞에 앉히면 부처가 되고
무덤가에 세우면 묘비가 되는
돌 하나가
무력의 방향을 돌려세우기도 하고
막힌 물길을 뚫어 흐르게도 하고
때론 온화한 염화미소를
몇백 년 동안 켜놓고
긍휼을 밝힌다

뾰족한 이빨로

따가운 맛을 무수히 보았다

말을 똑 끊거나

뒤통수에 주먹을 갈기거나

목울대로 역류하는 말들을

입속 깊이 가두어두곤 했지만

앙다문 치욕이 끓어오를수록

각오를 세우는 이빨들은

바벨의 도서관 기둥처럼 든든하면서도

가끔은 무료한 하품을 맛보곤 한다

수백 성인의 서재를 열람해

온갖 백미百味로 넘쳐나는 생애를

웅얼거리며 읽은 공덕으로 치면

입속은 신전이자 내왕의 통로이고

이빨들은 신전의 기둥이다

—「신전의 기둥」부분

갖은 외부 사물들 간의 현상이 빚어내는 방향성에 대한
탐색은, 그 자아(ego)에 대한 탐조등探照燈을 들이댔을 때는
더 독특한 매력으로 비유(metaphor)적인 정황을 일러내기에
이른다. 즉 신체의 이빨이 짓는 동작의 미묘한 동세動勢 변
화만으로도 그것들은 다양한 변주의 바람을 탄다. 즉 하나

의 주체적 사물이 그 방향성을 슬기롭게 조리차함으로써 실존적 위상(位相, phase)을 달리 얼러내는 신묘한 실존實存이 재구성된다. 이는 '견칫돌犬齒石' 하나가 그 적재적소에 적응함으로써 '탑'과 '부처'와 '묘비'로 거듭나는 유연한 방향성의 실제實際를 자임하는 일이 된다. 더구나 이런 긍정적인 전위轉位의 행각들은 궁극적으로 '무력武力의 방향을 돌려세'우고 '막힌 물길을 뚫어'서 '염화미소拈華微笑'를 '몇백 년 동안 켜놓는' 그런 '긍휼矜恤'의 경지를 선도한다. 이는 바로 화엄의 실사구시實事求是이니 그 시작은 바로 어디인가. 그야말로 '수백 성인의 서재'를 탐독하고 '웅얼거리며 읽은 공덕'의 그 '내왕의 통로'에 기립한 이빨로부터 시작되고 옹립된 처지라는 발견이 인상적이다.

외부적인 대상물에서 시인 자신의 신체 부위로 시선을 돌려 이빨을 통해 정신을 탐구하는 일은, 그 자체로 궁극적인 존재의 '긍휼矜恤'을 밝히는 정신의 탐침探針이다. 또한 여러 분별적인 시비지심是非之心의 번다한 방향들을 하나로 혼융混融해 내는 작업으로서 여러 미망迷妄을 '돌려세우는' 성찰과 응시의 시간으로서의 새뜻한 지향이기도 하다. 그러기 위해 필요한 마음의 선결은 바로 여러 양상들의 방향성을 폭넓게 수용하고 수렴하려는 혼융(mixed-melting)의 감각과 온정적인 허무의 개설이다. 그런 의미에서 허무는 단순한 염세를 넘어 늠늠하고 냅뜰성 있는 존재의 확장과 맥락을 같이하고 그 심연을 여투고 조리차하는 계기를 보탠다.

속이 빈 흔들리는 것들, 바람 따라 바스락거리는 군락지
들, 쓸쓸한 계절에 베인 억새들, 잘리고 묶이고 엮여서 어
엿한 기둥이 되고 벽이 되고 지붕이 되었다 가벼운 것들 서
로 얽히고설켜 긴 겨울을 견뎌내는 것이다 가끔은 바람 소
리와 헐렁한 낮달이 돌아나기도 했던 집

더 이상 돋아날 파란도 없고 기울어질 바람의 방향도 없
지만 봐라, 바짝 마르면 이렇게 오래 버틸 수 있는 집이 되
는 것이다 그 속에서 어린 새들이 여린 날갯죽지를 비비며
체온을 나눌 수 있는 것이다 지리산 중턱에 살고 있는 허리
굽은 부부에게 번듯한 대들보가 되어주는 것이다

풀들이 쓰러지면
사람도 함께 허물어질 것이다

—「풀집」 전문

'풀'은 김수영 식으로 언급하자면 '바람보다 먼저 눕고/
바람보다 먼저 일어나는' 그런 흔들리는 그러나 갱생하는
존재의 심연이자 상징이다. 그런데 김경숙의 풀은 그런 의
지적인 존재보다 자신을 둘러싼 다양한 외력外力의 영향을
늡늡하게 수용하여 '서로 얽히고설켜 긴 겨울을 견뎌내는'
생의 집합소 같은 '집'의 이미지로 변화한다. 그런 존재의
구성은 '더 이상 돋아날 파란도 없고 기울어질 바람의 방향
없지'라는 체념적인 뉘앙스를 풍기지만, 단순히 거기에 그

치지 않고 '바짝 마르면 이렇게 오래 버틸 수 있는 집이 되는 것'으로서의 웅숭깊은 성찰로 한 단계 성숙한 내면을 옹립하기에 이른다. 이는 풀 자체에 한정된 것만이 아니라 '풀들이 쓰러지면/ 사람도 함께 허물어질 것'이라는 냅뜰성 있는 관점을 확보하면서 풀과 사람을 하나의 맥락으로 연결시킨다. 이런 사물과 자아의 일체성, 그런 물아일체物我一體의 생각은 다양한 방향성들의 존재를 소슬한 의미의 빛과 그늘 아래 낙락히 불러들인다.

화자가 중뿔나게 지향하는 한 사물이나 대상의 한 방향성만을 칭찬하고 상찬했다면 그것은 끌림이나 현혹이 될 가능성이 높지만, 그런 방향성과 어울려 있는 또 다른 측면의 방향성을 발견해 보여 주는 것은 존재의 진면목으로서 중요롭다. 풀의 연약함과 덧없음과 방황과 더불어 그 흔들림의 숙명 속에 깨달아가는 현명한 실존의 면모도 함께 아우르는 시인의 시선은 균형 감각을 견인한다.

어느 산문에서 본 석불은 파릇한 옷 한 벌 입고 앉아있었다

어쩌다 나도 명상에 들어 몸을 흔들다 보면 그 석불의 시간을 따라하고 있다는 생각이 든다 석불도 처음에는 풋내기처럼 징 자국 가득한 민둥머리 승려였을 것이다 법회가 없는 지루한 오후가 되면 나른함을 견디려 흔들흔들 침묵하며 몇백 년을 다 써먹었을 것이다 대신 근처에 있는

가시나무 잎에게 흔들리는 것을 부탁하고 조금씩 굳어갔
을 것이다

　본분을 찾는다는 것은
　흔들리는 몸을 조금씩 굳혀 가는 일이다

　돌이 늙으면
　사람대접을 받듯

　본분을 찾기 위해
　나는 입술부터 굳어갈 용의가 있다
　눈 귀 심장이 차례차례
　굳어가다 보면
　언젠가 나도 돌 취급받을 날이 올 것이다
　　　　　　　　　　　　　─「돌에게서 사람에게로」 전문

　하나의 발견이란 하나의 실존적 탄생에 화답하는 끌밋
한 수순手順이 있다. 즉 하나의 방향을 체득한 존재는 기존
의 방향을 용도 폐기하는 수순이 아니라 그것을 아우르면서
더 돈후敦厚한 냅뜰성 있는 안목의 존재로 거듭날 계기를 확
보하기에 이른다. 김경숙의 이런 사물과 존재를 다양한 각
도에서 응시하고 그 속에 내재한 실존의 스펙트럼을 편중
되지 않은 방향성으로 발굴하는 눈길은 궁극적으로 '본분을
찾는' 시적 수행이고, 하나의 돌이 '명상에 들어 몸을 흔들

다 보면' 종내는 '석불의 시간'을 체득한 돈오頓悟의 경지를 엿보는 지경이다. 그러기에 이 시편에서 보이는 '굳어가다'라는 용언用言은 마비麻痺나 경직의 이미지가 아니라 정각正覺과 오도悟道의 서슬을 몸과 마음에 입히는 혼융混融의 순간의 발현일 것이다. '돌이 늙으면/ 사람 대접을 받듯'이 늙음의 시간이란 소멸과 멸절滅絶의 허무가 아니라 조금씩 참자아로 확장되고 진전되는 계기를 밟는 것일 수도 있다. 이는 어느 특정 종교적 교리에 부합하는 것만이 아니라 모든 존재는 그 삶의 방향성의 분화分化와 갱신更新과 탐색의 수정修整 속에 자기 숙명에 합당한 본분의 자유와 평화를 진작해 갈 수 있음이다. 여기에 사물과 현상에 둘러싸여 살아가는 시인의 고뇌와 분투가 일구어가는 실존적 개안開眼의 여명黎明이 있다 하겠다.